못다 지은 집

못다 지은 집

초판인쇄 · 2009년 7월 27일
초판발행 · 2009년 7월 29일
지은이 · 박 앤

발행인 · 김윤태
발행처 · 도서출판 선
　　　　　서울시 종로구 낙원동 58-1 종로오피스텔 314호
　　　　　Tel: (02) 725-0948　　Fax: (02) 732-5516

등록번호 · 15-201
등록날짜 · 1995. 3. 27

ISBN　978-89-6312-010 2 03810

책값　7,000원

못다 지은 집

박앤 시집

차 ● 례

차 ● 례

차 ● 례

제1부

할매 손

칠십 노인 울 할매
가을철에 남의 집서 온종일 일한 품삯
감 깎아주고 받아온 감 껍질 한 광주리
따가운 가을볕에 꾸득꾸득 말렸다가
겨울밤 긴긴 밤에 군것질하라 내어준
분 하얗게 핀 감 껍질 한 줌

울 할매 울 할매
앙상하게 뼈만 남은 껍질처럼 마른손
헝겊으로 동여맨 감 품 팔다 베인 손
만져보면 버석대는 마른 잎 같은 손

들큼한 감 껍질 같은
울 할매 생각난다
경북 상주 내 고향
감 철이 오면

바닷소리

바다에 갔다 오면
나는 꿈속에서 늘
바닷소리를 듣지

물고기가 헤엄치며 산란하는 소리
바다 밑 조개가 커 가는 소리
해초가 바위에 붙어 자라는 소리

그러나 파도는 심술궂게 소리치면서
나를 바닷가로 내동댕이치고
내 꿈을 산산조각으로 부숴 버리지

아 그럴 때마다
땀에 흠뻑 젖어
한 밤을 꼬박이 새운다네

그래도 나는 또
꿈을 꾸지
내 깊은 곳의 혼魂 흔들어 깨우는
바다 그 태초의 소리 때문에

역마살

튼튼한 올실로 피륙을 짜듯
내 사주에는
역驛이 촘촘히 매듭져 있다
생년生年 월일月日, 그리고 시時
어느 한곳도 안 박힌 데 없이
빼곡히 차있는 방황의 벽癖

고국을 떠나 지금도 나는
낯선 나라 낯선 언어로
낯설게 산다

무엇에 홀린 듯
한 밤중에 한번은 꼭 깨어나서
역마살이 풀렸나 헤아려보며

온 밤을 뒤척이다
잠결에 듣는
후드득 빗방울 소리
매듭 풀리는 소리

산초꽃
- 귀향 1

봄이면 붉은 꽃이 피고
가을에는 열매로 기름을 짠다는 산초나무가
합장한 부모님 무덤가에 서있었다

경상북도 문경군 농암면 민지리
이십일 년 만에 찾아간 선산에서
장례에도 참례 못한 셋째 딸
술 한 잔 부어놓고 절을 하는데

꽃철이 지나도 한참 지난 나무 가지에
이제 막 핀 듯 한 산초 꽃송이
눈물방울처럼 조롱조롱 달려있는 것 보았다

이 칠월 염천에
무엇 하러 먼 길 고생하며 왔느냐
나는 이 시원한 흙 속에서 꽃이나 보고 살란다
부모님은 무덤 속에서 자꾸만 궁시렁거리는 것이었다

할아버지의 밥

입가에 침 흘리며
밥을 잡수신 때문일까
할아버지가 남긴
달갑지 않은 밥
침 묻은 밥알 떼어내듯
나는 학교로 달아나곤 했다

할머니 돌아가신 후
살림을 정리하고 서울로 올라오셨지만
평생 시골에서 농사짓던 노인
말라 가는 개울의 물고기처럼
조금씩 죽어 가신 게 아니었는지
뒷방에서 홀로 담배만 뻑뻑 피우시던
손님 같았던 할아버지
가끔 내 공부방으로 건너오셔서
한참동안 말없이 있다 가시곤 하던

고향에 성묘 가면
되새김질하듯

할아버지의 기억을 올려내어 또 씹는다
묘소에 주저앉아
침이 묻어 있는 밥알 뜯어내듯
울컥 솟는 죄스러움처럼 돋아난
잡초를 뽑으면서

빗소리

지붕을 두드리는 빗소리
어머니의 다듬이질 소리
도두락 도두락 똑 딱 똑 딱
그 리듬에 실려 잠이 든다

외독자 집안에 시집와서
내리 딸 셋을 낳은 어머니
그 설움 차분히 다듬는 소리를
나는 꿈속에서 아득히 듣곤 했는데

물살을 거슬러 노를 젓듯
늦도록 뒤척이는 나를 위해
저승에서 어머니가
다듬이질하신다
방망이도 다듬잇돌도 없이
그림자 같은 자욱한 손으로
음률 만드신다

지붕에 빗방울 듣는다

16

고추밭에서
- 귀향 3

강원도 원주 칠봉 계곡
산자락 하나 늘어진 곳
동생 네 고추밭이 거기 있었다
이십 일 년만에 고국에 방문 온 나는
허름한 밀짚모자와 긴 고무장화
양동이 하나까지 들고 밭으로 들어섰다

언니 앞에 두 줄은 청양 고추야
따로 따서 담아야 해

팔월의 쨍쨍한 햇볕 속에서
짜랑짜랑 울리는 동생 목소리
고춧대가 빽빽이 들어선 밭고랑을 따라가며
크고 실한 놈만 뚝뚝 따서 통에 던져 넣었다
통 굴러 떨어지는 맑은 소리
덩달아 내 가슴도 퉁퉁 뛰었다

반나절 걸려 따놓은 수북이 쌓인 고추더미
쉬지 않고 울어대는 산골 매미들

바로 며칠 전만 해도
미국의 수도 워싱턴에서 수십 년 살아온 나는
지금 고국의 밭이랑에 꿈인 듯 서있다

풋풋한 흙냄새 매큼한 고추 냄새
십 수 년이 지났어도 늘 그리던 곳
나는 그만 가슴이 찡해져서
땀방울과 눈물방울 범벅이 되어
뼛속까지 시린 펌프 물에 얼굴을 북북 씻었다
고향은 바로 이런 거야
혼잣말로 중얼거리면서

늙은 호박

호박밭에 나갔더니
아름드리 호박 중에 웃고 있는
낯익은 호박 하나

이제 오냐 늦었구나

칼날도 박히지 않는 단단한 세월을
깊게 패인 주름 속에 품어 안고
넝쿨 속에 편안히 주저앉아
나를 기다리는 어머니
말없이 지게를 들이밀자
어머니가 그 위에 올라앉았다

석양을 지고 돌아오는 밭둑 길
등 뒤에서 조용히 코를 고는
늙은 호박

칼국수

아침 한나절
반죽하고 방망이로 밀어
고슬고슬하게 썬 국숫발
펄펄 끓는 닭 국물에 말아
호박나물 파릇이 볶아 얹은
할머니의 칼국수 한 사발

국물에 녹아있는
불거진 손마디 구부정한 허리
그윽한 그녀의 눈빛도 약이 되어
여름 타는 나를 일으켜 놓았다

요즘 자주 찾는 동네 칼국수집
뜨거운 국물 후룩후룩 들이키면
생각난다 할머니
병약한 나를 위해
보약 달이듯 칼국수 끓이시던

서툰 몸짓

온 몸이 붉은 새가
앞마당 벚나무에서 울었다
순간
벚꽃이 활짝 피어났다
그 놓칠 뻔한
황홀한 순간을 지켜보고
안도의 숨 내쉬는데
서툰 몸짓 때문에 놓쳐버린
아쉬운 지난날들이
소나기처럼 내 등을 후려치고 지나갔다

문득 나는
미륵바위이고 싶어진다
천년을 지긋이 기다리다가
그저 보일 듯 말 듯
미소 한번 짓는

맞선
− 울 엄마 1

생각하면 웃음 난다
울 엄마 선보던 얘기

총각이 처녀 집에 인사차 와서
어른들과 안방에서 얘기를 나누는데
어떤 총각일까 궁금증이 난 처녀
손가락에 침을 발라
문창호지를 뚫었는데

솜털이 보스스한
버짐이 허옇게 핀 나이 어린 총각
어른들 틈에서 어쩔 줄 모르다가
창호지 구멍으로 눈이 딱 마주쳤단다
기겁을 한 처녀 혼잣말로
아니, 조렇게 어린 게 신랑이라고

그 기막히게 앳된 총각과 처녀는
평생을 함께 하셨다
사는 게 뭐 별 것 있냐

그 말 한마디에
그녀의 칠십 평생을 묻으면서

됐다

두 돌도 채 안된 어린 손자에게서
됐다 라는 말을 듣는다는 건
신기하기도 하고 좀 어처구니없기도 한데

놀이라든지 먹는 일이라든지
둘이서 하던 일이 끝날 때마다 나도 모르게
됐다, 하고 아이에게 자주 일러준 말에
그 호기심 많은 아이는 재미가 났나보다

밥을 먹여준 후 빈 그릇을 들어 보이면
아이는 어김없이 됐다
옷을 입혀주고 나면 됐다
신발을 신기고 끈까지 매어주면
아이는 또 됐다 하고 금방 나갈 차비를 한다

됐다 라는 말
어미 품처럼 포근한
처진 어깨를 가벼이 토닥여주어
다시 일어서게 하는 말

일상의 자질구레한 일도
이렇게 됐다로 연결이 되면
우리네 삶이 좀 더 가지런해지지 않을는지

오늘도 나와 아이는
또 하루를 됐다로 시작한다

담배
- 울 엄마 2

엄마는 어린 나이에 담배를 배우셨다
할머니가 긴 담뱃대를 쥐어주며
불을 부쳐 오라 심부름을 시켜서
한두 번 빨다가 그만 인이 박혔노라고

혼례를 치르는 날
시집가는 가마 안에서
담배가 몹시 피우고 싶었단다
몰래 속주머니에서 궐련 한 대 꺼내 그냥 피웠지

어려서 어머니를 여의고 할머니 손에서 자란
어머니에 대한 허기를 담배로 달랬을지도 모르는
그렇게 담배가 달다던 엄마
그때 나는 왜 그리 담배 냄새가 싫었던지

나는 요즘
옆을 스치고 지나가는 담배연기에도 취한다
메케하면서도 향긋한
울 엄마 냄새

26

수선화

손끝 시린 이월의 아침
길가 꽃장수 목판에 담긴
노란 수선화 다발들
온실에서 비바람도 없이 자랐을 꽃들이
갑작스런 찬 기운에 놀란 듯
꽃술이 발갛게 얼어있었다

한 묶음 사들고
몇 걸음 떼어놓는데
꽃 몇 송이가 우는 듯 했다
꽃이 울다니
바람 한 자락이 펄럭 옷 속으로 스며들었다
그 속에 묻어 들어온
연약한 꽃들의 울음
그 울음이 자꾸만 따라오면서 발에 밟혔다

꽃대가 싹둑 잘린 채
철 이르게 팔려 가는 게 서러운 듯
연둣빛 꽃대도 꽃잎을 올려다보며
비죽비죽 우는 듯 했다

아버지 살리기
- 울 엄마 3

대범한 편이었던 엄마 착하게만 사셨던 아버지를 구해준 일화가 있다

생명을 위협받는 위기의 순간에 1950년 육이오 사변 서울을 잠시 점령했던 북한 인민군들 전세가 불리하게 되자 마구잡이로 일반 남정네들을 잡아들여 군사훈련 사흘 만에 전쟁터로 끌고 가기 시작했는데 그 무리에 섞여있던 내 아버지

끌려가기 바로 전날 훈련장으로 면회를 간 엄마 보초병의 호통에도 불구하고 결사적으로 매달리며 집 떠나는 사람 밥 한 끼 먹고 가게 해주시오 예 끈질기게 덤비는 아낙네가 귀찮았던지 점심만 빨리 먹고 오라 허락을 받고서는 훈련장 모퉁이를 돌자마자 아버지 손을 잡고 냅다 뛰기 시작한 엄마 벌벌 떠는 아버지를 마구 끌고 가 친척집 방공호에 숨겨놓고서는 아무 일 없었던 듯 빨래를 해서 한마당 가득히 널었다는데

사태가 급박했던 인민군들 도망병 찾을 새도 없이 북으로 쫓겨 갔고 그런지 사흘 만에 미군과 국군 연합군이 서울을 탈환했으니 그때 일을 생각하면 지금도 손에 땀이 나고 등골이 써늘해지는데 정작 엄마는 그 때 느

아버지 말이다 붙잡히면 총살인데 난 안가겠다 하며 승
강이를 하지 뭐냐 참 딱도 한 양반이지 혀까지 차면서
무심히 하던 일을 계속하는 것이었다

매화꽃잎처럼

보고 싶어
밤새 잠 못 들다가
흩날리는 눈을 맞으며
당신 떠난 빈집에 가보았습니다

차마 들어서지 못하고
대문 안을 기웃거리는데
마당 한 귀퉁이에서
풀죽은 매화 한 그루
피다 만 꽃송이를
눈 위에 떨어뜨리고 있었습니다

발길을 돌리는데
당신 얼굴
글썽이는 매화꽃잎처럼
눈 위에 뚝뚝 떨어집니다
나도 뚝뚝 떨어집니다

목련

흩어지는 것은

내 꿈과 초봄의 햇빛이다

광장의 함성처럼 화사하게 웃고는

미련 없이 손 흔들며 가버린다

지천으로 깔린 꽃잎

한바탕 꿈

못다 지은 집

지푸라기 몇 올 나뭇가지 몇 개
걸쳐놓았을 뿐

차고 서까래에
집을 짓던 새 한 쌍
어느 날 큰 소리로 토닥거리다
홀연히 버리고 떠났네
못다 지은 집

알을 까고 새끼 품어
일가의 보금자리 될
우주의 중심
그 집에 바람만 들다 간다

버려진 집은
쓸쓸하고 적막해
언제쯤 느껴볼 것인가
들었던 주인의 체온 한 줌

젖니

무르디무른 살점에

단단히 박힌

저 돌조각

누가 심어 놓았을까

만져보면

까슬까슬하네

겨울이 오는가

산책 나온 까칠한 앞집 개
부스스한 털을 한번 털더니 껑충
집안으로 뛰어 들어간다

밑동만 남은 옥수수 밭을 헤집던 까마귀 떼
서쪽 하늘로 까맣게 날아오른다

시린 듯 몸 사리며
건물 벽 간판의 반쯤 벗은 여인
담벼락에 쓸쓸한 웃음 흘리고 있다

겨울이 오는가

얼마동안 탈 없던 어깨 뼈마디에
갑작스런 통증이 온다

제2부

만월

한여름 밤을
기웃거리던 만월

먹 감으려 바윗돌에 벗어 놓은
희뿌연 치마폭에
슬그머니 내려와 얼굴을 묻었다

치맛자락에 선명히 드러난
둥글게 번진
달거리 자국

후미진 냇가가 환해졌다

어느 날 맘먹고

마른 줄기만 남은
앞마당 항아리 화분의 제라늄
어느 날 맘먹고 쓰윽 뽑으려는데

흙 속에 단단히 박힌 뿌리
꽃을 잃고
뿌리만은 놓치고 싶지 않다는 듯
완강히 버티는 게 아닌가

한 발로 화분 가를 꾹 밟고서
힘껏 줄기를 잡아채는데
흙 속의 성난 뿌리 우두둑 소리치며
냅다 허리께를 들이받는 것이었다

잠시 정신이 아뜩하다했는데
눈을 뜨니 뽑혀진 줄기 사이로
슬며시 웃고 있는
참 맑고 시린 겨울 하늘

편지

시린 바람 부는 공원 벤치에서
또 꺼내어 읽는 딸의 편지

엄마가 없어서 내 가슴에 구멍이 뚫린 것 같아요

지금쯤 머리꼬리를 묶어 내리고
아기자기한 가게들이 잇닿은 거리를
운동복 차림으로 달음질하고 있겠지
송송 땀이 밴 이마로
가끔 손을 들어 이웃에게 아는 체 하며
딸이 뛰어가고 있는 거리를
내 마음도 달음질치고 있다

딸과 함께 며칠을 보낸
샌프란시스코의 따뜻했던 겨울
일월 초의 겨울바람이 봄바람처럼 훈훈해서
레몬나무가 주렁주렁 열매를 달고 있었다

눈 속에서 꽃대를 밀어 올리며

힘겹게 오는 동부의 봄
꽃샘바람이 차가운 봄의 초입에서
사랑하는 나의 아이야
나도 네가 없어서
가슴에 구멍이 났구나

자화상

거울에 비쳐보거나 사진으로 보아도
나는 늘 내 얼굴을
도무지 나 같지 않은
어느 다른 사람을 보는 듯 한 느낌이 들곤 했다.
그게 누구일까 생각할 때마다
슬픔 같은 것 그리움 같은 것이
나를 훑고 지나가는 것이었다

어느 해질 무렵
바람 스산한 길모퉁이를 돌다가
우연히 상점 유리창에 비친
내 얼굴
도무지 낯설어
못 본 체 돌아서서 급히 걷다가
멈추어 뒤돌아 다시 비쳐보는
낮은 이마 깊게 패인 두 눈

화장터에서 한줌의 뼈로 울며 가신
죽은 내 어머니가

창문에 사진처럼 박혀서
쓸쓸히 웃고 있었다

꿈꾸는 겨울

눈 오는 줄 모르고
늦은 밤 마당에 나갔다가
수북이 눈을 맞았네
머리에 어깨에 눈은 자꾸 내려
내가 보이지 않네

몸을 움츠려 주저앉았네
동그랗게 오므린 벌레처럼
나는 땅속으로 조금씩 스며들었네
따스한 이불처럼
눈은 나를 덮어주어
이대로 한겨울 나도 되겠네

한 마리 애벌레로
긴 겨울 땅속에서 꿈을 꾸겠네

소

소 떼가 들판에서
느릿느릿 되새김질을 하고 있다
유순한 눈에
구름이 스치는 것을 지켜보다가
그만 깜빡 졸았는데
머리가 무거워 눈을 뜨자
내 목 위에 소머리가 얹혀 있었다

웬일일까 어리둥절한 나에게
누군가 다가와
내 몸뚱이를 일으켜 멍에를 씌우고는
밭으로 내몰아 온종일 밭고랑을 뒤엎고
산더미 같은 짚더미를 등에 실었다

바람처럼 내 곁을 지나가는 기쁨 슬픔 아픔
나는 묵묵히 일하고 생각하고 사랑하였다
바람 햇빛 나무 풀이 부드럽게 나를 핥았다
아무도 내 마음의 평온을 방해하지 못하였다

늦저녁 일터에서 돌아오는 나를 향해 누군가 소리쳤다
저 성스러운 소 좀 봐

고향

고향에 가면
나는 언제나 측은한 손님
엉거주춤 젯상 앞에서 어색하게 절을 한다

늦은 저녁 어둠은
갈퀴처럼 방문 틈으로 기어오르고
둘러선 얼굴들은 젯상만큼이나 엄숙한데
외지에서 보낸 수많은 날들이
촛불에 흔들리며 벽을 타고 지나간다

건네주는 술 한 모금이
외로움처럼 가슴을 적셔 내리는
나는 돌아온 종갓집 장손
마음마저 떠나버린 고향에 와서
시키는 대로 절을 한다

가버린 것은 세월만이 아니고
남아있는 것마저 옛 모습이 아닌데
다시는 돌아오지 못할 예감으로

젯밥 한 수저 겨우 넘기고
휘청거리며 방을 나서는 붉어진 얼굴 위로
뿌리듯 지나가는 바람 한줄기

맷방석만한 덤불 속

새떼가 자글거리는
공원 한 귀퉁이 후미진 곳
큰일이라도 치르는 듯 떠들썩한
맷방석만한 덤불 속
잔치를 벌이는지
운동경기를 하는지
왁자한 저 수다

밤하늘에 총총한 별처럼
맷방석에 누워서
까르르 까르르 웃으며 자란
우리 육남매

소중한 시간은 그저 멀찌감치
자리를 비켜주는 일밖에

목소리

어젯밤 온 밤을 뒤척이며 새웠습니다
당신이 절 부르셨습니까
아니면 지나가는 바람소리였습니까
꿈인 것도 같고
생시인 것도 같은 몽롱한 의식으로
네 하고 대답하려 안간힘을 썼지만
도무지 목소리가 나오지 않았습니다
나는 내 목소리를 잃어버렸습니다
이제는 듣기밖에 못합니다
들으면서 생각하고, 깨닫고, 느낍니다
말 안 하는 세상이 당신 세상입니까
나는 이제 고독과 침묵 속에 삽니다
아 이렇게 좋은 세상이 또 어디 있겠습니까
내 목소리는 이제 당신의 것입니다
이제 저를 부르시면
당신 영혼 속으로 들어가
사랑합니다
오로지
마음으로 건네 드리겠습니다

눈 그친 밤

뒤뜰의 떡갈나무
눈밭에 그림자로 길게 누웠다
차고 맑은 밤

뒤엉킨 나무 그림자
새하얀 눈 위에 그림 그리다
중천에 뜬 뽀얀 달 올려다보며
넌 어찌 그리 예쁘니

오랜만에 나무는 편히 누워
달과 맘껏 놀고 있다

눈 그친 밤

웃음

돌쟁이 손자 앞에서
춤추는 할아버지

산토끼 토끼야
학교종이 땡땡땡

이마에는 송골송골 땀이 맺히고
관절염 앓는 무릎이 아파오는데도
감기로 열꽃이 솟아
기운 없이 늘어진 아이 기쁘게 하려고
열심히 노래하며 춤추는 노인

물끄러미 할아버지를 바라보던 아이
드디어 입가에 미소를 띠었다
할아버지도 주름진 얼굴 가득히
활짝 웃었다

칠십 노인의 고단하던 삶
일순 씻은 듯 사라졌다

스무 해

한국에서 보았던
두 살배기 어린 조카
미국에 사는 내게 방문을 왔다
스물두 살 청년이 되어

오월 초목처럼 부드럽고 싱그러웠다
수줍고 서투르고 호기심 많은
웃을 때마다 어깨를 흔들며 몸으로 웃는 그가
시든 꽃밭 같은 내 일상에 단비를 뿌려
놀라 깨어난 나는
지난 스무 해가
그에게서 꽃피었음을 보았다

어느 한 가지도
무심히 흐르는 세월조차도
의미 없는 것은 없다
깨어 있으면

고요

잿빛 왜가리 한 마리
못물에 발 담그고 물 속 들여다보다
가늘고 긴 목 접어
날갯죽지에 깊이 파묻고는
비낀 가을 햇살 아래
미동도 않고 서자

찰랑이던 못물이 멈추었다
흔들리던 나뭇잎이 멈추었다
물 속 거북이도 느릿느릿 멈추었다

우주에 가득한
이 고요

여행자

완강한 고층 건물의 절벽들이
말을 건넨다
호텔 창 밖을 내려다보는 불면의 나그네에게
그만 커튼을 내리라고

한밤에도 분주한 낯선 도시 시카고
아득한 풍경 위에 신기루처럼 떠서
조금씩 커지는 목소리를 외면하듯
몸을 기울인다, 불현듯 떨어지고 있다
서서히 떨어져내려
시멘트바닥에 누워있는
마른 옷처럼 펼쳐진
내 몸뚱이

적막하다

스름스름 새벽안개가 몰려와
누운 몸 씻어주고 간다
바람에 날려가던 풀꽃 한 송이
향을 피우고 간다

봄이면 나는

조개 입을 오물거리던 아기가
무른 잇몸에서 젖니를 밀어내는 동안

마른 가지에 높이 올라앉아 한참을 울던 다람쥐가
긴 울음 끌며 다른 가지로 건너뛰는 동안

봄은 와서 해는 길어지고
녹기 시작한 나무껍질이 밀리듯 떨어지네

겨울 그림자를 버리려 호수에 갔으나
깊이를 알 수 없는 수심이 겁이 나 돌아섰다가
내 그림자에 밟혀서 오도 가도 못하고 있을 때

발아래 고인 슬픔의 못 속에
봄볕이 나를 주저앉힐 때
그 막막함 때문에 당황하네

봄이면 나는
늘 그러하네

갈등

겨울과 봄 사이
따스했다 추웠다
망설이네
움츠릴까 말까

마른 가지에
다닥다닥 붙은 봉오리들
빠끔히 고개를 내밀고는
터트릴까 말까

호숫가 오리들
빙판 끝에서
반쯤 녹아 찰랑이는 물속으로
찰방 뛰어들까 말까

지난 가을
헤어진 내 사랑
망설이네
전화할까 말까

깻잎 향

산굽이 돌아 들깨 밭을 지나다가
홀린 듯 깻잎 향을 맡았는데
뒷집 누나 냄새가 나던 것이었습니다

차곡차곡 따 담은 깻잎 바구닐랑 밀쳐두고
저만치 밭고랑에 주저앉아 미동도 않던 누나
가지런히 뻗은 두 다리에
햇빛이 빗살무늬 그리고 있었지요
그 눈빛 너무도 서늘하여
햇살 쨍한 밭모퉁이에 서 있었는데도
내 마음은 온통 그늘이었습니다

한참 먼 도시에서
편물점을 한다던가 풍문으로 들은 후로
그녀의 얼굴을 떠올리려 애썼지만
도무지 생각나지 않았습니다
산그늘 보다 더 짙은
깻잎 향기밖에는

고등어 회

산 생선회로 유명한
제주의 횟집들
갓 잡아 펄펄뛰는 고등어에
굵은 대침을 찔러놓고
칼집 살살 넣어 회를 뜬다

그 맛 차지고 쫄깃하다고
발그레한 빛이 도는 살점을
친구는 입맛 다시며 먹는데

나는 갑자기 소름이 쫙 끼쳐
고등어의 푸른 등이 움찔대는 듯
젓가락을 떨어뜨리고
흠칫 물러앉았다

온종일 눈앞을 어른거리는
고등어란 놈
뼈만 남은 몸으로
가끔 아가미를 열었다 닫는다
환히 눈을 뜨고서

비명

아침먹이로
날쌔게 낚아챈 노랑나비를
홍관조가
머리부터 쪼기 시작했다

파들거리는 날개
햇빛 속에 흩어지는 노란 분가루
날개 떨어진
길쯤한 나비의 몸통이
꿈틀했다
순간
마당을 훑고 지나가는
소리 없는 비명

잠시 멈칫하는
온갖 아침 소음

겨울호수의 물오리

빨갛게 언 발로

하얗게 얼어붙은 얼음장 위를

미끄러지며 뒤뚱거리는

오리야 오리야

발그스름하고 따뜻한 내 아가의 발을

네 볼에 대어주고 싶구나

가여운 오리야

제3부

풍선

고국에서 세 남매가 기다린다는
동네 식당 종업원 에스카리나
한 쪽에서 왁자하게 생일파티를 하는
한 떼의 아이들을 물끄러미 바라보다가
돌아서서 눈물을 닦고 있다

한참 신나게 놀던 아이들이
알록달록한 풍선을 일제히 공중에 띄워 올렸다
와, 아이들이 외쳤다
둥둥 뜬 풍선들이 창문을 빠져나가자
구석 테이블에 앉은 나도
넋을 잃고 쳐다보고 있었는데

그때 보았다
에스카리나의 간절한 몸에서
슬몃 한 여인이 빠져 나오는 것을
굼뜨던 에스카리나와는 달리
민첩하고 생동감 있어 보이는 그 여인
재빨리 풍선 몇 개 붙잡아 손목에 걸더니

아이들처럼 두 팔을 활짝 위로 치켜들었다

멕시코 어디쯤 혹은 과테말라 아니 엘살바도르
풍선에 실려 공중그네 하듯
그녀는 훨훨 날아갔다

아기 거북이

오월의 햇살을 등에 쪼이며
아기 거북이가 해바라기 한다
물속에 꽂아놓은 짚더미 위로
느릿느릿 기어 올라와서는

그 모양이 귀여워
몰래 나무 뒤에 숨어서 보고 있었는데
아무리 기다려도 놈은 꼼짝도 않아
지레 지쳐 물러서고 말았다

이 세상의 모든 시간이 제 것인 양
한가로이 볕을 즐기는 그 여유로움에
불현듯 허겁지겁 세상을 살아온 내 삶이
슬그머니 부끄러워지던 나는

너는 그래도 수명이 삼백년은 되지 않니
나야 고작 잘 살아도 칠십이 아니니 하고
슬며시 떼를 쓰고 싶어지는 것이었다

빈 손

장례식에서 잔잔히 웃고 있는
검은 사진틀 속의 남자
밖에는 비가 내리고
천둥도 가끔 쳤는데
남편을 보내는 친구의 마른 어깨가
조용히 흔들리고 있었다

삼대독자를 잃고 비탄에 빠진 과부에게
죽음 없는 집 찾아 쌀 동냥 해오라
부처는 일러주었다는데
죽음 없는 집이 없어
밤낮으로 헤매어도 죽음 없는 집이 없어
지쳐 돌아온 어미의 빈 손
그제야 깨달았다 하지 않는가

밖에는 여전히 비가 내리고
천둥도 가끔 쳤는데
밤새 거리를 헤매다가
우두커니 서서 내려다 본 내 손
빈 손

열매 세 알

숲 속에서 주워 왔을 때
조금 푸른빛이 남아있던 것이
며칠 못 가 짙은 잿빛으로 변하고 말았다
탁자 한 귀퉁이에서
조글조글 주름으로 말라버린
이름 모를 열매 세 알

손아귀에 꽉 움켜쥐면
손바닥 가득히 묻어나는
완강한 감촉
그 거칠고 딱딱한

아무리 살펴도
작은 틈새도 보이지 않는
빗장을 굳게 지른 고옥 같은

그러나 코에 가까이 대보면
풀 냄새 유자 냄새 뒤섞인
향긋한 냄새

비밀스럽게 속 깊이 간직한
단단한 껍질로도 감출 수 없는

굳게 닫은 안쪽은 내보이지 않고
다만 그 주위를 서성거리게 만들어
한발자국도 떠나지 못하게 하는

촌뜨기
― 귀향 2

어디가 어딘지 알 수 없었어요
이 거대한 도시의 빌딩 숲에서는
이십 일 년 전의 기억만으로는
한 발자국도 떼어놓을 수 없었습니다

촘촘히 짜인 도로망을
거미줄 같은 전철 망을
곡예 하듯 잘도 빠져 다니는 사람들
이리 저리 길을 묻다가
길 잃은 아이처럼 망연히 서있었지요

미국의 수도 워싱턴에서
삼십 년을 넘게 살았어도
나는 어리버리한 촌뜨기입니다
이천 사년의 서울에서는

시애틀에서

워싱턴주 시애틀에 갔더니
바다가 바로 코앞에 있었습니다
바다는 해변에 모래사장을 끼고 있는 줄 알았는데

웬걸요 바로 철책 하나 사이에 두고
거대한 유람선 몇 척 띄어놓고는
유유히 출렁거리는 것이었어요

조개껍질도 모래사장도 없는 해협에
밀려왔다 부서지는 파도소리도 듣지 못하고
댕그마니 철책에 매달려 있다가
바람만 가득 안고 돌아왔지요

그래도 못 잊어
돌아보고 또 돌아보았지요
바다로 향해지는 내 마음
그리움입니다

내 열 일곱 나이

여름 들판에 가득히 핀 싸리 꽃
그 새하얀 꽃잎의 은은하고 부드러운 내음
겨우 나 자신의 내면에 조금씩 눈뜨기 시작한 나는
내 열 일곱 열병을
싸리꽃 냄새에 취하면서 앓았다

그러는 날이면
밤새 온 마을을 쏘다녔다
후미진 개울가에서
첨벙거리며 까르륵거리는 여인네들을
몰래 훔쳐보고 싶은 충동을 어금니로 깨물며
하얀 달빛아래 오도카니 섰다가
부드럽게 스치고 지나가는
보이지 않는 손길 앞에 무릎을 꿇곤 했다

그 견딜 수 없었던 나이는
내가 나 되기 위한 텃밭이었음을
세월이 한참 흐른 후에야 알았다
그 어설프고 혼란한 길목에서

나는 어떤 예감이 있었다
내 온 삶이 무한히 깊고도 높은 사랑에로
헌신하게 될지도 모르리라는

기억

환하게 분바른 큰 언니
몸에 꼭 맞는 진남색 원피스를 입고
하이힐 또각이며 대문을 나서는 그녀를
여드름투성이의 청년 한 둘이
멋쩍은 얼굴로 슬금슬금 뒤따르곤 했는데

언니를 배웅하러
대문간에 서 있는 나에게 훅 끼쳐오던
느끼한 머리칼 냄새
왠지 그 냄새가 싫어 대문을 쾅 닫았지만
그 날부터 조금씩 집 안으로 스며들어
내 주위를 서성거린 그 냄새

생각해보면
젊은 시절 내가 사랑했던 사람들은
모두 그 냄새가 났다
어릴 적 나를 사로잡았던
나도 모르게 이끌려 헤매고 다닌

이제는 엷어지고 희미한
어린 날의 기억들
나는 이제야 사랑을 할 것 같다

그날 밤 마지막으로

그날 밤 마지막으로 보았네
친정집에 와 누워 지내던
폐를 앓던 고모
모래알처럼 바스러지며
눈동자만 깊어지던 그녀는
한 폭 흰 치마에 싸여
차디찬 윗목에 놓여졌네

기침으로 숨이 자지러지던
참 곱던 스물여덟의 여인
그 여인이 두고 간
가쁜 숨소리 긴 한숨 소리
어지러운 꿈속을 흐르는
가락이 되네

때로 내 안이 조용해지면
들리네
뒤란에 흐르는
여린 노래

모하비 사막

가도가도 끝없는 잿빛 돌산
라스베가스 가는 길

가뭄 탄 논 같던 나의 한 시절이
사막 한가운데에 있었다
달리는 버스 창에 기대어
타는 듯 한 갈증에
불볕 속을 기어가는 개미처럼 허덕이는데

비로소 눈에 들어온
돌산 계곡의 깊은 그늘
슬그머니 계곡을 빠져나와
쨍쨍한 햇볕을 너울처럼 가리더니
몇 줌 빗발을 뿌렸다

타들어가는 벼이삭 같던 나는
가뭄에 해갈 하듯 온몸이 흠뻑 젖어
경중경중 뛰면서
모하비 사막을 건너갔다

그물

늦가을 찬바람을 맞고 있는
마른 나팔꽃 넝쿨
담장에 촘촘히 붙어있네

멀리서 바라보면
말리려 널어놓은 그물 같아서
바다에 힘껏 던져 보았네

어라,
엄지 만 한 물고기 새끼들
나팔꽃처럼 입을 빠끔거리며
줄줄이 그물에 걸려 나오네
까맣게 반들거리는 눈알들
바람이 불적마다 씨방을 튀어나오는
깜장 씨앗 닮았네

흙바닥에 떨어진 씨앗들
봄이 되어 담을 바알발 기어오를 때
새끼 고기들도 제법 중치는 되어있을 것이네

늦가을 오후에
그물을 던지네

처복이 없는 남자

여자 복이 지독히도 없었다던
그 착했다는 남자가 죽었을 때
사람들은 그의 장례를 준비하며
애처롭다는 듯 수군거렸다

첫째는
손끝이 야물고 인물이 좋았다는데
남매 낳고 알뜰하게 살다가
그만 어느 남자의 꾐에 빠져 집을 나갔고
둘째는
같이 살기 채 일 년도 안되어
지독한 우울증을 앓다가 약을 먹었고
셋째는
자기 자식 둘까지 데려와 살다가
영주권 받고 나서 자식까지 놔 둔 채
짐을 쌌다는데

혼자 몸으로 그 남자는
남의 자식까지 모두 넷을

정성을 다해 키우다가
오십 겨우 넘은 나이에
위암으로 호스피스 병원에 누워서
마지막 임종 때 신부님을 뵙고는
그리 환하게 웃더란다

그런 사람은
이 세상에서 살 사람이 아닌가보라고
모두들 혀를 끌끌 찼는데
하느님도 아셨는가보다
그가 있을 자리 일찍 마련해주셨으니

입덧
− 딸의 임신 1

임신을 하여
입덧으로 고생하는
딸의 등을 토닥거리며
내가 해줄 수 있는 말은
생명을 얻는 길은
참고 기다리는 일뿐이라고
생각해보면
우리 모두
참고 기다리는 일은
생명을 얻는 길

그리운 집
- 딸의 임신 2

만삭이 된 딸의 배에
가만히 귀를 대면
들리네
엄지를 빠는 소리
물에서 첨벙이는 소리

태아에게는
이 조그맣고 둥근 배가
엄마와 먹고 자는 완전한 집이어서
최초로 새겨지는 기억이어서

훗날 지치고 외로울 때
돌아가 쉬고픈 엄마의 몸이어서

잊지 못하네
그리운 집

기지개
― 딸의 임신 3

배 언저리가 가렵고 따갑다고
임신 막 달로 접어든 딸이
소파에 누워 둥근 배를 드러내 보였다
희고 곱던 살갗이
부른 배를 이기지 못해
발그스름하게 튼 자국으로 가득했다

안타까워
딸의 배를 가만가만 쓸어주는데
시원한 듯 딸은 배를 내 맡기며
조용히 눈을 감았다
태아가 주먹질을 하는지
배가 불뚝불뚝 움직였다

아이가 기지개를 켜나 봐요
딸은 환하게 웃었다

82

제4부

초겨울

저녁 다섯 시 반인데도
어느새 밖은 짙은 어둠으로 꽉 차 있습니다
나는 통근열차 구석에 앉아
못다 읽은 책 한 권 들척이면서
피곤에 지쳐 졸고 있는 사람들 위로
따뜻하게 눈길을 보내시는 당신을 느낍니다
기차가 한참 연착하다가
다시 떠나며 윙윙거리는 소리위로
당신의 미소는 안개처럼 퍼져 내리고
부시시 잠을 깬 사람들이
조금씩 활기를 띠며 옷깃을 여밉니다
어둠 속의 당신은
은밀한 속삭임을 침묵 속에서 읊조리며
서서히 빠져나가는 사람들을 배웅합니다
희끗하게 날리기 시작한 초겨울의 눈발 속을
사람들은 서둘러 발걸음을 떼어놓으며
당신의 품안으로 재빨리 빨려 들어갑니다
저녁의 어둠이 불 밝히기 시작하고
사람들의 마음속에도

따뜻한 불들이 켜지기 시작합니다
당신은 그 큰 손으로
이 모든 것 어루만지십니다

저녁미사

사제의 행렬을 비추며
채색유리를 통해 들어온 해거름의 붉은 햇빛
저녁 미사가
오늘은 분심分心 속으로 나를 밀어 넣었다
그치지 않고 뒤에서 들리는 소곤대는 소리

흘낏 뒤돌아다보자
민망한 듯 눈길을 피하는 할아버지와
지그시 눈을 감고 쓰러질 듯 기대앉은 할머니
들릴 듯 말 듯 응얼거리는 여전한 소리

미사가 끝난 후
할아버지의 부축을 받으며
더듬더듬 걸어 나가는 할머니 손에 쥐어진 하얀 지팡이
눈 먼 할머니에게 예절이 진행되는 것을
할아버지는 귓속말로 일러주고 있었구나

마지막 석양이
노부부의 등에 잠시 머물다가 사라졌다

주님 자비를 베푸소서

불현듯 미사 경문의 한 구절
뭉클해진 내 가슴속을 뚫고 나와
텅 빈 성당 안을 울리다가 사라졌다

봉헌

옥수수 밭을 지나다가
가지런히 줄지어 선 모습이 좋아서
그 옆에 서 보았다

바람이 슬쩍 머리칼을 건드리면
녹색 옷자락 속에서 알갱이는 쪼르륵 달리고
막 삐져나온 수염은 따뜻한 햇살에
붉은 물이 들었다

내 두 발이 흙 속에 묻혔다
몸도 차츰 푸른빛을 띠더니
정수리에서 바람이 일어
내가 여물기 시작했다

한여름 뙤약볕 거친 비바람에
서걱서걱 울기도 했지만
내 몸뚱이가 누렇게 패었을 때
나는 마침내 하늘을 향해 외쳤다
제가 다 여물었습니다

새벽의 노래 1

그가 사랑한 갈릴래아 호수는
지금도 풍랑이 일고 있을까

새벽 네 시만 되면
나는 습관처럼 잠을 깨어
그 호수를 생각한다

창밖에는 안개가 수북이 몰리고
조금씩 바다냄새가 나기 시작한다

그가 올 시간인데
모두들 어디로 가버렸을까
베드로도 요한도 보이지 않고
새벽 별들만 한 둘 떠서 깜박이는
칠흑 같은 물위를

　그가
　빛을 안고
　걸어서 온다

그에게서는 갈대 숲 냄새가 난다
부드러운 솜털이 바람에 날리듯
가장 온유한 그의 영혼이
내 마음 깊은 곳으로 들어온다

어둠이 한 걸음씩 물러나는 밤의 끝
물안개 품은 새벽에
나는 그저
향기로 남을 뿐이네

변신

이십년 전에
죽은 내 꿈이
어느 날 갑자기 되살아나서
하얀 눈가루처럼
나에게 쏟아졌다
나는 이제
흰 비늘로 뒤덮인
한 마리의 물고기
내 의식의 강물 속을
마음껏 헤엄치며
잊혔던 꿈조각들을
일깨우고 다니는
완전히 자유로운
물짐승이다

내 사랑아
– 마리아 막달라의 노래

무언가 드리고 싶었습니다
내가 가진 모든 것이 당신 것이지만
내 나름대로 무언가 드리고 싶었습니다

결국 아무 것도
드리지 못하는 안타까움에
눈물만 글썽입니다
이 눈물도 당신이 주셨기에
당신을 사랑할 때만 흘리겠습니다

사랑을 받고 싶었습니다
당신 발치에 엎드려 줄곧 울면서
눈물로 당신 발을 적시어
용서받은 죄만큼이나
사랑도 받고 싶었습니다

내가 입 맞춘 당신의 발
내 심장에 찍힌 당신의 사랑
새 생명으로 태어난 오늘

당신과 나는 이제 하나입니다
이승에서도 저승에서도
사랑하는 사람은 하나입니다

떠나보내기

가는 사람은 그냥 보내야지
이승에도 저승에도 있을 곳이 많은데
하필이면 한 뼘들이 내 가슴에
긴 끈 매고서 마음을 앓는가

깊은 가을 날 호숫가에 서서
팽팽하게 감고 있는 연 줄 끊듯이
하나의 인연을 떠나보낸다
단풍 들 듯 피멍이 든 기진 한 어깨 위로
마른 잎은 세월처럼 떨어져 내리는데
빈 연 줄 감아쥐고
허허로이 서 있다

오늘밤은 홀로 앉아 등불을 켜고
옛 사진첩 속의 얼굴들을 위해
낭랑하게 연도*를 읊으리

언젠가 나의 혼도
누군가의 줄을 끊고 날아가겠지

잊힌 나의 혼이 너를 위해 기도할 때
사랑하는 사람아
너도 나를 조금은 기억해 다오

* 연도 : 가톨릭 신앙에서 죽은 영혼을 위하여 바치는 기도

새벽의 노래 2

내 마음이 가난해질 때
그는 오겠다고 했다
소꿉동무처럼 새끼손가락을 걸고서는
보이지 않을 때까지 손 흔들며 가버렸다

매일 밤 어둠 속에서
그의 발자국이 가까워 옴을 느낄 때
남은 생애 손꼽으며
나무 잎새 떨어지듯
그 수를 헤아린다

그가 오는 날
그 날과 그 때는 아무도 모른다고 했는데
그는 매일 밤
열 한 제자를 거느리고
내 마음 한가운데를 지나
겟세마니 동산으로 올라간다

차가운 밤

창가에 기대어 밖을 내다보며
그가 흘린 땀 한 방울이
내 영혼 적시기를 고대한다
그리하여 내 마음이 가난해졌는가
헤아려보며
다시 내일이 오기를 기다린다

당신 앞에 갈 때
- 가을에 드리는 기도

당신 앞에 갈 때
그때가 가을이면 좋겠습니다

단풍잎 한 묶음 모아들고
노란 국화 한 송이 머리에 꽂고
산열매 수북이 따 가지고 가면
철없다고 꾸짖는 척 하시면서도
당신은 미소를 지으시고
두 팔을 벌려 안아주실 것입니다

당신께 드릴 것은
단풍잎 다발처럼 붉은 사랑
국화꽃같이 환한 미소
산열매처럼 풋풋한 향기뿐입니다

아직도 내 속 깊은 곳에서
화산처럼 불타고 있는
격정과 욕망의 덩이들을
이제 당신이 거두실 때가 되었습니다

심연처럼 깊고 진한 마음의 어둠도
안개 걷히듯 사라져버리겠지요

쇠처럼 단단히 박혀있는 내 의지도
당신 안에서 사라지는 날
찬란히 쏟아져 내리는 가을햇빛 속에서
한 영혼이 기쁘게 바쳐질 것입니다

당신 앞에 앉으면

당신 앞에 앉으면
나는 이미 바닷가 모래밭에 누워서
하얗게 부서지며 밀려오는
파도소리를 듣습니다

당신 앞에 앉으면
나는 이미 햇볕 따뜻한 풀밭에 앉아
미풍에 흔들리는
나뭇잎 소리를 듣습니다

들릴 듯 말 듯
조용히 흐르는 실개천보다
더 잔잔한 음성으로
나를 부르시는 이여

나를 얽매었던 온갖 허물들을
젖은 옷 벗듯이 벗어버리고
당신께 달려가겠습니다
철없는 어린아이처럼

나의 깊이에 묻혀있는
온갖 상처와 죄스러움을 받아주십시오
엄청난 부끄러움도 함께 받아주십시오

당신이 저를 측은히 여기시기에
저는 이제 자유로우니
제가 드리는 이 사랑이
진실 됨을 당신은 아십니다

그 순하신 몸
— 성 금요일에

그는 자색 휘장으로 몸을 감고
제대 뒤에 숨어 있다가
어느새 먼지바람 일고 있는 해골산 언덕을 오르고 있다

핏자국 엉킨 이마로
조금씩 거세어 가는 바람을 맞으며
순하게 달려있는 그의 모습
마치 옛날 정거장에 달려있는 등불 흔들리듯
가까이 다가왔다가 멀어지고 또 가까이 다가왔다가는
멀어진다

어두운 밤
돌 벽처럼 굳게 닫친 나의 가장 깊은 곳에
그는 소리 없이 들어와 불을 켜고 누워있다
밝고 따사로움 넘치는 내 은밀한 방
향료 내음 가득한 내 묘소에
수의로 감은 그의 몸이 저리도 순하게 누워있구나

그의 침묵이

한 가닥 심지 되어
내 마음에 불을 놓고 있다
지루한 나의 일상이 뜨거운 불길에 싸여
갑자기 살아 움직이기 시작한다

아 이 신비의 밤에
우리는 살아나고 있다
그와 내가 살아나고 있다

조그만 낯선 아이

조그만 낯선 아이가
저 만치서 장난을 하며 놀고 있다
무심한 얼굴로 힐끗 돌아본 그 아이를
나는 어디서 보았을까

어느 장터 한 모퉁 놀이터 한 구석에서
도무지 이 세상에 속해있지 않은 듯 한 얼굴로
미소를 띤 채 잠잠히 서있던
바로 그 아이가 아니었을까

아이를 본 순간부터 내 가슴은 뛰고 있다
안아주고 싶은 아이 사랑을 주고 싶은 아이
나의 온 몸짓은 아이를 애타게 부르는 데
아이는 저 만치서 놀이에 열중한 채
돌아보지도 않는다

한밤중 잠자리에서 가위에 눌리듯
나는 손발 묶인 짐승처럼
움직일 수도 소리칠 수도 없는데

내 환한 의식 안으로 아이는 조용히 다가와
무심히 내 가슴으로 들어온다

이제야 그 아이가 누구인가 알았다
내가 늘 갖고 싶어 한 꿈의 아이
내 존재 깊은 곳에 살면서 나와 함께 하는
아 이제는 낯설지 않은
나 라는 아이

명두*

가냘픈 잿빛 새 한 마리
여리게 우는가 싶더니
앙상한 나뭇가지를 떠나 흐린 하늘로
사르르 사라져 버렸다
어릴 적 새 점치는 할머니 명두집
그녀의 손에 앉았다 가던 새 같다

저승과 이승의 강 건너와
안방에 둘러앉은 아낙들에게
명두집 입을 빌려 점괘 일러주고
꼬여진 삶의 실타래 풀어주던 새

그 새 소리 들으려
엄마 따라 점집에 간 여섯 살 내가
명두집 손 가까이 귀를 갖다 대었을 때
그녀를 통해 나직이 부르짖던
저승의 작은 새 명두
놀라 물러앉은 나에게
점찍듯 가슴에 묻어 들어온

가고 오는 것이 마음 가는 대로인 명두
오늘 흐린 날
내 가슴에서 사르르 떠나갔다
모습도 없이 소리도 없이

* 명두 : 무당이 수호신으로 가지고 다니는 물건

대잡이

동네 굿에는
항상 내 어머니가 불려갔다
대잡이가 되어 죽은 넋을 부르려는 것

굿이 무르익으면
얼굴에 하얗게 분칠한 무당
대를 어머니에게 건네고 주문을 외웠다
신이 내린 대가 딱 딱 방바닥을 치다가
빗발치듯 흔들리며 뒤뜰 안 광으로 들어간다
어둠침침한 구석을 휘휘 뒤지던 대가
드디어 찾아낸 죽은 이의 옷
손을 싹싹 비비며 대를 향해 절을 하는 무당 뒤에서
구경꾼들은 손에 땀을 쥐었다

마침내 무당이
어머니와 함께 대를 잡고 진정시킨다
미친 듯 흔들리던 대가 탁 탁 바닥을 치다 멈추면
막 판에 접어든 사흘걸이 원풀이 굿

혼을 부르는 힘이 어디에서 오는 것일까
누가 잡아도 �끔떡도 않던 대가
어머니의 손에서는 한 마리 나비 같았다
평소에 집안일 밖에 모르던 분
혼신의 힘을 기울여 대를 잡은 후의
그 만족한 표정을 잊지 못한다
송골송골 땀이 솟은 이마로
휘적휘적 굿 집을 나서는 그 얼굴은
무당이 태우는 죽은 이의 옷가지에서
뭉글뭉글 피어오르는 흰 연기만큼이나
자욱하였다

곡哭

어젯밤 버스 정류장에서 동사한
이름 모를 여인을 위해서
곡哭을 한다
바람이 썰물 빠지듯 빠져나간
빈 정류장 대기소 유리창에
하얗게 묻어있는 입김

재의 수요일*에
이마에 재를 받고
나는 흙으로 돌아갈 것을 약속했는데
여인은 재도 없이 바람에 휘둘리며
날려 가는 신문지조각처럼 그렇게 갔을 게다

바람이여
내 곡을 보내다오
한 가여운 영혼에게
무심했던 이웃이 갖는 참회의 가슴앓이도
조금쯤 위로가 될까

* 재의 수요일 : 부활절 준비를 위한 40일간(사순기간)이 시작되는 첫 수
요일. 참회의 상징으로 이마에 재를 받는다.

올리브 오일 비누

이스라엘 성지 순례 길에
올리브 산 밑에서 사 온
녹두 빛 올리브 오일 비누
나무껍질처럼 거친
돌덩이같이 둔하게 생긴

머리맡에 놓아두고 잠자리에 들면
은은히 퍼지는 올리브 향
나는 밤마다
올리브 숲 우거진 겟세마니로 이끌려 간다

별들은 빛을 잃고, 풀벌레 울음 삼킨
나뭇잎도 숨죽인 잔인한 밤
피땀에 젖은 한 젊은이
흙바닥에 엎디어 울부짖는데

아 먼발치에서 나는
잠만 잔다
세상모르고 잠만 잔다

| 시인의 말 |

  초등학교에 들어가기 전 몇 해를 나는 부모님과 떨어져 시골에서 농사를 지으시던 할머니 할아버지와 살았다. 그 시골집 마당 한쪽에 우물이 있었는데 새벽마다 할아버지는 두레박으로 물을 길어 자배기에 가득 채우고는 부엌에서 일하시는 할머니께 가져다 드리는 것이 일과의 시작이었다.

  나는 할아버지가 두레박을 우물에 첨벙 떨어뜨리는 그 소리에 잠이 깨곤 했는데, 자배기에 물을 좌르르 쏟아붓는 그 소리도 좋아서 자리에 누운 채 몇 번의 두레박이 떨어지는가를 세어보기도 했다. 밤새 고인 맑은 물을 새벽어스름 속에서 길어올리는 그 충족감을 은연중에 나도 맛보고 싶다는 꿈을 어려서부터 지녔던 것 같다.

  그러나 막상 내 마음에서 길어올린 시들을 다른 이들

과 나누려 할 때 느끼는 당혹감은 전혀 예기치 못한 것이었다. 왜냐하면 맑고 시원한 시의 물을 길어올려 목마른 분들과 나누고 싶다는 의도와는 다르게 나의 시가 차지도 뜨겁지도 않은 미지근한 물일 수도 있겠다는 조바심과 부끄러움이 앞섰기 때문이다.

하지만 어쩌랴. 이 미지근한 물도 목마른 분들께는 도움이 되길 빌면서 그동안 모아두었던 시들을 엮어 첫 시집을 낸다.

2009년 6월

박 앤

시적 성찰을 통한 삶의 중심잡기

— 박앤 시집 『못다 지은 집』에 대하여 —

■ 이동순 시인

1.

2008년 가을, 나는 모처럼의 안식년을 맞아서 미국 메릴랜드주의 친구 집에 머물고 있었다. 친구와 나는 스무 해도 훨씬 넘는 지난 세월 동안 서로 만나지 못하였다. 지난날 친구는 이런저런 힘든 일에 시달리다가 80년대 초반 미국으로 훌쩍 떠나버렸기 때문이다. 벗의 이름은 허태홍許泰洪, 내 고교시절의 가장 가까웠던 동기생이다.

당시 실업계 농업학교에 재학하던 우리는 나는 학교에서 표고버섯을 재배하고 관리하는 농장장학생으로 일하면서 더욱 친밀한 우정을 쌓아갔다. 함께 서로의 숙소

를 찾아다니기도 했고. 친구네 포항 집을 여러 날 방문
하기도 했었다. 그렇게 형제처럼 어울려 지내다가 드디
어 졸업을 한 뒤에는 가는 길이 달라져서 다시 한동안
적조한 시간을 보내었다.

친구는 베트남전쟁에도 참전했었고, 여러 가지 사업
에 골몰하기도 하면서 자신의 청년기 세월을 살아갔다.
나는 나대로 대학과 대학원을 마치고 국문학 연구와 창
작인으로서의 길을 평생 걸어가기로 속다짐을 하고 나
름대로 열정적인 세월을 보냈었다. 그 과정에서 나의 경
우 건강도 크게 상했었고, 그 후 명재경각命在頃刻의 아
슬아슬한 문턱까지 다다라보기도 했었는데, 그때마다
가장 그리웠고, 보고 싶었던 얼굴이 있었으니 그가 바로
나의 옛 친구 태홍의 실루엣이다. 하지만 보고 싶어도
만날 길은 막연하고, 과연 어디에서 어떻게 살고 있는지
소식조차 돈절된 지 오래라 마음속으로 살뜰한 그리움
만 가득 쌓여갈 뿐이었다.

2.

내 친구 태홍을 떠올리면 맨 먼저 생각나는 것이 그
의 볼기짝에 선명히 박혀 있는 늑대의 이빨자국이다. 유
년시절 그는 경북 하양의 시골집에서 살았는데, 어느 해

여름밤 어둠 속에서 슬그머니 인가 부근으로 숨어든 굶주린 늑대에게 물린 채 산등성이 너머로 끌려갔다. 이 광경을 친구 어머님이 얼핏 보았는데 산등성이 능선위로 늑대의 쫑긋한 두 귀가 보였다고 한다. 한 순간 불길한 예감을 느껴 황급히 아들을 찾아보니 이미 사라지고 없는 것이 아닌가. 고함을 쳐서 마을사람들을 불러 모아 함석판과 놋요강, 놋대야 따위를 두들기며 늑대가 사라진 곳을 뒤쫓았는데, 인파와 소란에 놀란 늑대는 밭고랑 한 구석에 친구를 버려두고 그대로 달아났던 것이다.

그야말로 구사일생으로 목숨을 건진 친구는 그 후 엉덩이에 날카로운 늑대 이빨자국을 평생 지닌 채 살아가게 되었다고 한다. 나는 이러한 사실을 고등학교 시절 친구랑 목욕탕에 갔다가 들어서 알게 되었다. 나에게는 이것이 얼마나 강렬한 추억이고 또한 애틋한 그리움인지, 이를 생각하다가 기어이 「홍이」란 제목의 시작품으로 다듬어서 내 열 번째 시집 『아름다운 순간』에 넣어두고 못 다한 우정을 사무치게 그리워하였다.

그런데 그 친구가 2007년 여름에 모처럼 고국을 다녀가며 나를 수소문하여 마침내 연락이 닿았고, 그때 나의 미국방문을 요청하였던 것이다. 이러한 감격적 상봉을 계기로 나는 마침내 2008년 가을, 미국 메릴랜드주 솔즈버리시 부근의 다우닝로드란 울창한 숲속에서 동화속의 주인공처럼 살아가고 있는 친구네 집을 찾아가 머물게 되었다. 친구네 가족들은 어느 유태인이 살던 작고 아담한 목조 가옥을 구입하여 살고 있었다. 이민 초반기의 혹독한 고생 속에서도 어린 남매를 훌륭히 공부시켰고, 이민 오던 시절부터 해오던 힘든 노동을 지금까지도 계속하며 살아가고 있었다.

친구의 가장 큰 기쁨은 그동안 저축한 자금으로 농토를 장만하여 사과나무, 배나무, 복숭아나무 등을 심어서 가꾸는 과수원을 돌보는 일이었다. 고추, 배추, 무 등속의 채소 재배도 함께 겸하는 것은 물론이다. 친구의 부인 김 여사가 한해 살림 중에서 가장 심혈을 기울이는 것은 콩을 삶아 메주를 만들고 장독에 된장을 담는 것, 그리고 직접 재배한 배추와 무로 김장을 담는 일 등이다. 그리하여 이 많은 김장과 된장을 가까운 이웃들과 더불어 나누어 먹는 한국식 정분과 사랑을 그대로 유지하며 살아가고 있는 것이다. 곰곰이 생각하노라면 이러한 나눔의 삶이란 얼마나 아름답고 고귀한 것인가. 친구 내외의 고집스러움과 결단력, 신념과 의지가 바로 이러한 한국적 삶을 고스란히 지녀오는 원동력이라 할 것이다.

친구는 내가 미국의 동부지역으로 와서 수개월 머물게 될 것을 알고 미리 여러 배려와 준비를 해두었다. 그

118

가운데 하나가 미주한인시문학회 회원들과의 만남의 자리이다. 당시 나는 한국에서 내가 평소에 너무나 좋아하던 흘러간 옛 가요를 테마로 하여 한 방송국 라디오의 가요프로그램 MC로 활동을 하고 있었는데, 친구는 미주 한인교민들에게 나의 가요해설과 만날 수 있도록 기회를 주선하였다. 뿐만 아니라 시를 좋아하고 시를 창작하는 교민들과의 우정의 교류를 갖도록 만남의 자리를 만들었다.

3.

2008년 11월 1일 위싱턴 부근, 한인들이 많이 거주하는 애넌데일 지역의 KM 갤러리에서 가요해설 공연이 성황리에 열리게 되었고, 바로 한 주일 뒤인 11월8일에는 1박2일로 문학 캠프까지 잇따라 열리게 되었던 것이다. 어머니의 나라 한국을 떠난 지 수십 년 이상 되는 교민들이 한 자리에 모여서 〈타향살이〉와 〈불효자는 웁니다〉〈고향무정〉등의 옛 노래를 함께 듣고 불러보는 자리는 뜨겁고 흥건한 눈물의 마당이었다. 문학세미나는 버지니아주의 프레드릭스 부근 킹조지 지역의 매우 아름다운 별장에서 열렸는데, 그곳 주변의 숲은 완전한 자연이 살아서 숨을 쉬는 싱싱한 터전이었다. 사

슴 무리가 풀쩍풀쩍 뛰어서 마당을 가로질러가는 광경
이 자주 보였고, 건물 앞 쪽으로 펼쳐진 버지니아강의
아늑하게 실안개 긴 풍경은 차라리 한 폭의 달력그림과
도 같았다.

이 두 행사를 통하여 나는 문학을 진정 사랑하고 애호
하는 여러 미주한인들과 만나게 되었는데, 그 가운데 유
난히 인상적인 분이 한 분 있었으니 그가 바로 박앤 시인
이다. 내가 처음 만났던 박앤 시인의 용모와 분위기는 마
치 한국의 고향마을에서 평소 흔히 대하게 되는 인정스
러운 집안 형수님처럼 푸근하고 정겨운 느낌이었다.

버지니아 킹조지 별장에서 문학세미나가 열리던 그날
밤의 일이다.

이층으로 지은 멋진 건물의 메인 홀에는 〈이동순 시
인과 함께 하는 문학캠프〉란 예쁜 현수막이 걸려있었고,
주방 쪽 옆으로는 맛있는 음식과 음료가 잔뜩 준비되어
있었다. 밤이 깊어갈수록 시와 문학 일반에 대한 깊은
관심과 토론 역시 무르익어만 갔다. 자정이 넘고 새벽 2
시가 지날 무렵까지 토론과 여흥은 줄기차게 이어졌다.
작고 아담한 체구로 예의 그 정겹고 푸근한 미소를 지으
며 끝까지 단정하게 자리를 지키고 있는 분도 박앤 시인
이었다.

참으로 많은 이런저런 화제를 바꿔가며 우리의 이야

기는 기나긴 실타래처럼 이어졌는데, 그 가운데는 '미국에서 발표된 교민들의 문학을 한국의 문학사에서는 이민문학이란 범주에 가두어서 왜 편향적 시각으로 보려고 하는가'라는 결코 만만치 않은 질문도 제기되었다. 그만큼 미주지역의 한인 문단에서는 한국에서 형성되는 문학과 조금도 구별 없이 동일한 시각과 조건에서 비평해 달라는 요청들이 강력하게 쏟아졌다. 이러한 테마들은 내가 그동안 다루어왔던 한국문학사 영역구분에 대한 고정관념과 선입견을 확연히 바꾸어놓고 반성하게 하는 중요한 계기가 되었다. 여전히 한국의 문학사 연구자들의 경우 미국, 일본, 중국, 러시아 등지의 교민사회를 통해 발표되는 문학작품을 해외이민문학의 범주로 묶어서 편하게 다루려는 경향이 대체로 일반적이었기 때문이다.

아무튼 그날 밤, 미주한인시문학회 회원들의 시낭송 차례도 있었는데 그동안 써둔 자신의 대표작을 한 편씩 들고 와서 분위기 있는 멋진 낭송으로 실력을 뽐내는 자리였다. 한국 시의 낭송은 원래가 쉽지 않은 터라 평상심으로 듣고 있었던 터였는데, 박앤 시인의 차례가 되어서 낭송을 해가는 솜씨가 범상한 것이 아니었다. 나는 앉음새를 고쳐 앉으며 잔뜩 귀를 기울여 들었다. 그 시 작품은 「풍선」이란 제목으로 이번 시집에 수록되어 있다. 라틴아메리카에서 미국으로 노동이민을 떠나와 있는 에스카리나란 이름의 한 여인과 그녀의 간절한 향수를 풍선이란 객관적 상관물Objective Correlative에 빗대어 표현한 작품이다.

시 「풍선」의 낭송은 들으면 들을수록 가슴이 찡해져 오는 묘한 여운을 느끼게 했다. 다른 회원들의 작품들도 참 좋았지만 나는 박앤 시인의 작품을 그날 밤 낭송회의 장원으로 뽑았다. 시는 이처럼 직접적 서술이나 묘사에 의존하지 않고, 은근히 본연의 뜻을 암시하는 방법이 가장 으뜸효과를 지닌다는 부연해설과 함께 박앤 시인의 낭송을 다시 청해서 들었었다. 고국을 떠난 지 여러 해가 넘는, 이제는 생활이 대부분 안정되어 편안한 삶을 즐기며 살아가는 미주 동부지역 교민들의 밝은 웃음소리와 더불어 나는 너무도 아름답고 흐뭇한 가을밤을 즐기었던 것이다.

4.

박 시인은 한국을 떠난 지 꽤 오래된 듯하였다. 미국으로 온 뒤 연방정부 산하의 여러 기관을 다니면서 컴퓨터 관련으로 중요한 업무를 담당하는 공직생활 경력을 지닌 분이다. 원래의 전공은 한국의 대학에서 국문학을

122

공부하였으나 미국으로 이주한 뒤에 컴퓨터공학을 다시 공부하여 새로운 분야를 개척하였다. 언제 어디에서 어떠한 일을 하든지 간에 과거에 애착을 가졌던 문학에 대한 꿈과 열정은 고스란히 가슴속에서 갈무리되어 왔다. 힘겹고 어려운 시간이면 항상 시를 읽고 틈틈이 시를 쓰는 생활을 하면서 자신의 삶을 다스려왔다. 그리하여 그동안 써 모은 금싸라기 같은 수십 편의 시작품은 박앤 시인이 미주지역에서 살아온 지난 수십 년 동안의 삶의 발자취라 할 수 있다.

　이번에 박앤 시인이 펴내는 첫 시집 『못다 지은 집』에는 시인이 미국으로 떠나온 뒤 살아온 삶의 곡절과 애환이 고스란히 스며들어 있다. 그만큼 시는 시간의 발자국과 가슴 속의 애환을 고스란히 간직하고 있는 묘한 영역인 것이다. 이 시집의 제1부에는 떠나온 고향과 이제는 흘러가버린 과거시간에 대한 절절한 그리움으로 가득하다. '귀향'이란 부제가 붙어있는 「산초꽃」은 아마도 연작 의도로 기획된 듯하다. 「할매 손」, 「할아버지의 밥」, 「빗소리」, 「고추밭에서」, 「늙은 호박」, 「칼국수」, 「맞선」, 「담배」, 「아버지 살리기」 등의 작품에는 외가댁 추억과 유소년 시절의 애틋한 기억이 촘촘한 그물망처럼 교직交織되어 있다. 그런데 가로 올과 세로 올의 엮음새가 결코 만만하지 않다.

무릇 시란 어떤 분위기의 독특함을 멋스럽고 기품 있
게 뽑아내는 시인의 솜씨에 그 생명이 달려있다고 할 수
있을 터인즉 박앤 시의 솜씨는 이미 오랜 세월 시를 매
만지고 다듬어온 시인 자신의 품성과 시간의 흔적이 짙
게 무르녹아 있는 것이다. 그렇다면 박앤 시인의 작품을
가득 채우고 있는 향수, 혹은 근원적 대상에 대한 연모
는 과연 어디에서 기인하는 것일까. 「역마살」이라는 시
작품이 이를 적절히 설명해준다.

　　고국을 떠나 지금도 나는
　　낯선 나라 낯선 언어로
　　낯설게 산다

　　무엇에 홀린 듯
　　한 밤중에 한번은 꼭 깨어나서
　　역마살이 풀렸나 헤아려보며

　　온밤을 뒤척이다 듣는
　　잠결에 듣는
　　후드득 빗방울 소리
　　매듭 풀리는 소리

— 시 「역마살」 부분

명리학命理學을 공부하는 사람들의 설명에 따르면 인간의 삶에는 누구나 많든 적든 간에 역마살驛馬煞이란 것이 있게 마련이라고 한다. 옛날에는 통신기술이나 교통시설이 전혀 발달하지 않았다. 그래서 일정한 거리마다 역참驛站을 두고 그곳에서 말을 갈아타며 급한 볼 일을 보러 다니곤 했었다. 이 역참에 준비해 둔 말을 '역마驛馬'라고 하는데 역마는 당연히 멀고 먼 길을 다니게 마련이었다. '살煞'이란 것은 사람이나 물건 등을 해치는 독한 기운을 일컫는 말이다. 역마에 '살'이란 말이 따라붙으면 천성적으로 역마처럼 이리저리 떠돌아다닐 팔자란 뜻을 의미한다.

　고국에서 살지 못하고 멀고먼 이민 길을 떠나 삶의 터전을 낯선 나라로 옮겨서 살아가는 해외 교민들의 경우 대개 드센 역마살을 타고난 운명으로 일컫곤 한다. 하지만 이러한 설명은 다분히 감정적 판단이 전제된 경우가 많다. 박앤 시인이 살아온 삶의 족적도 이 역마살에서의 역마처럼 고단하고 숨 가쁜 시간이었을 것이다. 그토록 힘겹고 고달픈 틈바구니에서 언제나 한 줄기 감로수처럼 위로를 주었던 것은 과거시간의 애틋한 기억과 그 실루엣들이다. 그 추억의 사금파리를 더듬을 때면 현실의 복잡한 긴장과 억압은 풀리게 마련이다.

5.

과거시간을 성찰하는 과정에서 터득되는 삶의 지혜는 우리의 일상적 삶을 일단 안정되게 한다. 시집의 제2부에서도 이러한 인식은 지속적으로 나타나고 있다. 시「자화상」의 시적 진술을 통하여 시인은 가슴 속을 훑고 지나가는 '슬픔 같은 것, 그리움 같은 것'을 직시하고 있다. 거울이나 사진을 통하여 응시하는 자신의 얼굴이 때로는 아주 낯설게 다가오는 경험을 제시하고 있는데, 이는 사실상 현실과 내면의 두 자아를 지칭하는 것에 다름 아니다. 그런데 그 자아의 바탕에는 슬픔과 그리움이 항시 자리 잡고 있는 것이다.

어쩌면 박앤 시인에게 있어서 이 슬픔과 그리움은 일상적 삶을 떠받치고 있는 가장 커다란 동력이자 근원인지도 모른다. 이런 관점에서 볼 때 시「만월」에서 여름밤 냇가에 멱 감으러 온 여인이 벗어놓은 치마폭에 얼굴을 묻고 있는 보름달 이미지도 사실은 그 자체로써 한국의 고전적 전형성이자 슬픔의 파토스이다. 시「편지」의 경우 딸이 보내온 편지 구절에서 발견하는 대목 '엄마가 없어서 내 가슴에 구멍이 뚫린 것 같아요'와 어머니의 화답을 통해서 듣는 '나도 네가 없어서/ 가슴에 구멍이 났구나'란 아름다운 대구對句도 동일한 성격의 표현으로 해석할 수 있는 경지라 하겠다. 이러한 간절함, 혹은 절대성에 대한 의탁은 시 「목소리」에서도 확인할 수 있다. 삶의 중심이 결코 흔들리지 아니하고, 무한한 집중 속에서만 체득되는 특별한 경험 중의 하나라 하겠다.

하지만 이 놀라운 집중의 체험은 엄청난 고독의 정점에서만 얻을 수 있다. 시 「눈 그친 밤」의 경우 매우 깔끔한 무채색無彩色 수묵화水墨畵를 연상케 하는 분위기로 가득하다. 우주공간에서 오로지 달과 떡갈나무라는 두 존재의 배합이 그렇게도 부드럽고 온화할 수가 없다. 이러한 방식은 시 「고요」의 전개방식에서도 그대로 활용되고 있다. 잿빛 왜가리 한 마리가 전혀 미동도 없는 것처럼 물 위에 서 있는 순간, 저수지 주변의 모든 존재와 환경은 덩달아 움직임을 정지하게 된다. 여기서 왜가리는 존재의 중심으로 규정되고, 삼라만상의 존재원리도 이 왜가리 한 마리에 온통 집중되어 있다.

시 「비명」은 홍관조란 이름의 새 한 마리가 나비를 잡아먹는 장면을 다루고 있다. 하지만 홍관조와 나비의 두 존재성이 이질적으로 분리되지 않고, 하나의 액자 속에서 멋진 융합을 형성하고 있다는 점에서 시 「고요」의 창작원리와 동질적이다. 박앤 시인의 시적 방식은 대체로 동양적 관조와 응시의 기법에 바탕하고 있는 듯하다. 이와 더불어 박앤 시세계의 상당수 작품들은 회화적 기법의 특성을 보여주는 이미지즘을 느끼게 한다. 이러한 기법은 박앤의 시세계를 형성하는 중요한 질료質料로 정착되어 있음을 말해준다. 박앤 시작품의 기본적 질감은 한국의 토착적 정서에서 경험할 수 있는 푸근함과 따뜻함이다. 이것은 박앤 시를 지탱하고 있는 대단히 소중한 정서적 위력이라 할 수 있다.

> 빨갛게 언 발로
> 하얗게 얼어붙은 얼음장 위를
> 미끄러지며 뒤뚱거리는
> 오리야 오리야
> 발그스름하고 따뜻한 내 아가의 발을
> 네 볼에 대어주고 싶구나
> 가여운 오리야
>
> — 시 「겨울호수의 물오리」 전문

시의 본래 형태는 행간의 여백을 둔 배열로 이루어져 있지만 일부러 여백을 제거한 상태로 옮겨 보았다. 시적 정서가 보여주는 힘은 존재에 대한 따뜻함과 연민이다. 무릇 이것은 모든 시정신의 기본이라 할 수 있는 바, 박앤 시인의 경우 그 특유의 따뜻함과 연민이 작품공간에 충만해 있음을 발견하게 된다.

6.

　시집 『못다 지은 집』의 제3부에 수록된 시작품 중에서 보기를 들자면 「아기 거북이」, 「열매 세 알」, 「내 열일곱 나이」, 「기억」, 「그날 밤 마지막으로」, 「입덧」, 「그리운 집」, 「기지개」 등을 손꼽을 수 있다. 이 작품계열들은 박앤 시작품 특유의 따뜻함과 연민, 그리고 사랑으로 넘실거리고 있다. 더불어 제4부에 수록된 작품들은 대개 절대자에 대한 겸손과 절제된 삶의 표현양식을 다루고 있다. 「초겨울」, 「저녁미사」, 「봉헌」, 「내 사랑아」, 「곡」, 「새벽의 노래2」, 「당신 앞에 갈 때」, 「올리브 오일 비누」, 「그 순하신 몸」 등의 작품에서 확인되는 것은 우선 타이틀에서부터 카톨리시즘Catholicism이 바탕이 된 신앙시라는 점이다.

　박앤 시인의 시세계를 형성하고 있는 중요한 기초 가운데의 한 부분은 바로 가톨릭 신앙을 바탕으로 하는 영적靈的 체험이 아닌가 한다. 박애적인 사랑, 용서와 화해, 조화와 연민, 절제와 응축, 더불어 하나 되는 존재의 화합 따위의 기본명제들은 가톨릭 사상의 이념요소이다. 시적 사물을 관찰하고 응시하며, 대자연과 살뜰하게 교감을 이루어가는 박앤 시의 기본 틀을 형성하고 있는 힘의 바탕은 가톨릭 이념을 통한 사물인식과 가치관에서 비롯된다 할 것이다. 한국의 시문학사에서 카톨리시즘을 창작원리로 활용했던 시인들로는 정지용鄭芝溶, 구상具常, 김남조金南祚 등을 손꼽을 수 있다. 기독신앙의 원리를 기반으로 설정했던 윤동주尹東柱, 김현승金顯承, 박목월朴木月, 박두진朴斗鎭 등도 이러한 계열에 포함할 수 있으리라.

인간의 삶은 항시 유한한 것이다. 인생은 그 자체가 박앤 시인의 시집 표제처럼 '못다 지은 집'에 해당되는 것인지도 모른다. 어차피 완성에 도달하기란 불가능한 것이 인간의 삶일진대, 우리는 진작 그 미완성의 아름다움과 의미에 대한 철학적 인식에 보다 충실할 필요가 있을 것이다. 욕망과 집착이란 풀잎을 쓸어가는 한 줄기 바람결과도 같은 것. 잠시 이 세상 한 켠에 몸과 마음을 의탁하다가 이슬처럼 떠나가는 것이 인간의 삶이라고 한다. 이러한 통찰을 기초로 해서 얼마나 많은 시인과 철학자, 종교인들이 진정한 삶의 의미를 꿰뚫고 통찰하기 위해 엄숙한 구도자求道者로서의 멀고도 기나긴 밤을 보내었던가. 우리가 이승을 떠나게 될 때 남은 것은 고작 이 시작품의 첫 대목처럼 '지푸라기 몇 개'와 '나뭇가지 몇 개' 정도에 불과할 것이다.

박앤 시를 읽는 기쁨과 즐거움은 바로 이러한 종교적 인식과 가치관을 작품을 통해 풍부하게 경험할 수 있다는 점에 있다. 바쁜 일상의 틈바구니에서 벗어나 모처럼 조용한 시간을 맞이하게 되었을 때 박앤 시집『못다 지은 집』을 손에 들고 책갈피를 한 장 한 장 넘겨가며 우리가 살아온 삶, 앞으로 우리가 살아갈 삶에 대하여 호젓하게 사색하고 성찰하는 소중한 시간을 가져보기로 하자.